해방의 날

해방의 날

발행일   2026년 1월 2일

지은이   최영만
펴낸이   손형국
펴낸곳   (주)북랩

출판등록   2004. 12. 1(제2012-000051호.)
주소   서울특별시 금천구 가산디지털 1로 168,
          우림라이온스밸리 B동 B111호, B113~115호
홈페이지   www.book.co.kr
전화번호   (02)2026-5777
팩스   (02)3159-9637

ISBN   979-11-7598-064-8 03810 (종이책) 979-11-7598-065-5 05810 (전자책)

작가 연락처 문의 ▸ ask.book.co.kr

전용 게시판에 문의를 남기시면 저자에게 직접 전달됩니다.

최영만 역사소설

해방의 날

 북랩

목차

001

"여기가 군산항인가 본데, 군산항 자기도 처음이지?"

박춘상 아내 한영자의 말이다.

"그렇지. 처음이지. 그러는 당신은?"

"그거야 나도 처음이지."

"그래, 처음이기는 하겠다. 졸업하자마자 나랑 결혼했으니."

"자기랑 결혼을 어쩌다 했는지 모르겠다. 나쁘지는 않지만."

"'나쁘지는 않지만'이 뭐야."

"그러면 어떻게 말해?"

"그거야 말을 '박춘상 씨랑 결혼한 게 잘한 거야' 그래야지."

"아이고…."

"아무튼 군산항까지 오기는 잘 왔다. 집 밖에 나갈 기회조차 없었을 테니."

"근데 우리가 그동안은 말 많던 새만금방조

제 정도로만 알고 있었잖아."

박춘상 아내 한영자의 말이다.

"그래, 노 대통령은 국가 발전이 아니라 야당 공세를 좀 누그러뜨리려 꼼수를 부린 발상이었지."

"그나저나 저 갈매기들은 몇 대 후손일까?"

남편 박춘상은 군산항 토박이로 살아갈 갈매기들을 보면서 물었다.

"그걸 나한테 묻는 건가?"

"그런 건 아니지만."

"아니면?"

"그러니까 군산항은 우리나라 만경에서 수확된 쌀을 일본으로 모두 다 실어 가는데, 우리 한민족 인부들이 협력한 뼈아픈 항구라서야."

남편 박춘상의 말이다.

세계 정복을 위해 기세등등했던 일본이 히로시마 나가사키에 투하된 원자 폭탄에 의해 결국은 항복하고 말기는 했으나, 당시의 군산항은 우리나라 주요 항구였던 것 같다. 그런 군산항은 항구가 이젠 명맥만인 항구다. 생각해 보면 일본이 패망하기 전까지는 북적거리는 항구였으리라. 아무튼 저 갈매기들은 한참 후손인 갈매기들이라서 당시 상황을 모를 테지만 슬픈 일이 그 얼마였던가. 민족 지도자들은 두

눈으로 보면서도 우리나라 땅에서 수확한 쌀이니 안 된다고 말도 못 하고 되레 협력했으니 말이다.

"아줌마!"

타작마당 일꾼들에게 점심을 가져다주었던 아낙은 부르는 소리를 듣지 못했는지, 그냥 가고 있었다.

"아줌마~!"

뒤돌아보지도 않고 그냥 가는 아낙을 타작마당 감시자는 큰 소리로 다시 불렀다.

"왜요?"

만삭인 아낙은 두 번 불러서야 가던 길을 멈추고 뒤돌아섰다.

"아줌마는 귀가 어떻게 된 거요?"

"나 귀 안 먹었어요."

만삭인 아낙의 눈빛은 '망할 놈아, 소리는 왜 질러?' 하고 말하고 있었다.

"가지 말고 거기 좀 서 있어요. 확인 좀 해보게."

점심밥을 가지고 왔던 세 명의 아낙들 중 술 주전자와 대체로 가벼운 간단한 그릇을 싼 보자기만 들고, 맨 뒤에서 임신한 배를 내밀고 가

해방의 날

는 걸 타작마당 감시자는 의심의 눈으로 봤을 것이다. 그래서 타작마당 감시자는 벼 타작 하는 모습만 지켜볼 필요는 없어 점심을 먹고는 곧장 꿩 사냥을 하러 가게 된다. 가을철 만 경 들녘은 넓기도 하지만, 꿩이 살기에 아주 적합한 들녘이기 때문이다. 어쨌든 타작마당 감시자가 자리를 잠시 비운 사이 일꾼들 점심 내 왔던 아낙이 벼를 훔친 거 아닌지, 그렇게 생각하여 의심이 든 것이다.

"내게 할 말이 있으면 얼른 해요. 나도 바빠요."

타작마당 일꾼들에게 저녁밥도 만들어 주어야만 해서 한가하지가 않다. 아낙이야 그렇겠지만, 타작마당 감시자는 만삭인 아낙을 불러 세

운다.

타작마당 벼를 훔치지는 않았는지 확인하기 위해서다. 일본 놈도 아닌 같은 조선 사람으로서 문제가 될 일이 아니면 눈 한번 감아 주어도 괜찮을 건데, 일본 사람들보다도 더 악독하다니. 그래서 대놓고 욕할 수는 없지만, 앓다가 고꾸라져 버리라고 욕도 하고 싶은 아낙의 눈빛이다.

"어디 확인 좀 합시다!"

"확인은 무얼 확인해요? 아무것도 없는데."

"그러니까 점심때 먹던 술도 없다는 거요?"

"다 먹고 없어요. 보시오. 아무것도 없잖아요."

해방의 날

만삭인 아낙은 빈 주전자를 흔들면서 말했다.

"좀 남기지, 다 먹게 했어요?"

타작마당 감시자는 벼를 훔쳐 가는지 의심이 돼 불러 세우기는 했으나, 아니라서 엉뚱한 술 얘기로 주제를 바꿨다.

"진짜 없어요?"

타작마당 감시자는 "알았어요." 그렇게만 하고 돌려보내기에는 타작마당 감시자로서 체면을 구기는 일이라는 눈빛으로 아낙을 쳐다본다.

"술 다 먹고 없어요. 보세요."

아낙은 빈 주전자임을 확인시켜 준다.

"됐고, 아줌마 배는 왜 그리 뚱뚱해요?"

"다음 달이 산달이어요."

"다음 달이 산달이요?"

"그래요."

"그러면 배 한번 만져 볼까요?"

"배를 만져요…?"

"싫어요?"

"싫고 안 싫고 할 문제가 아니잖아요."

"허허…."

"너무하십니다!"

아무리 타작마당을 지키는 감시자지만 임신 때문에 만삭이 된 남의 여자 배를 함부로 만지겠다는 발상은 정말 아니네요. 내가 너처럼 남자가 아니기는 해도 너 같은 놈 정도는 무시해도 되는 강단은 있는 여자야, 무슨 소리야! 그래, 철저해야 할 타작마당 감시자이기는 해도 그렇지, 너는 대관절 어떤 놈의 종자인 거야? 벼를 훔쳤는지 그걸 확인하려던 게 아니라 남의 여자 맛도 보고 싶은 거지? 이 쌍놈아! 그려, 타작마당 벼 훔쳤다고 하자. 벼 훔쳤다고 해도 그렇지 임신한 남의 여자 배까지 만지려는 거야? 옳다 고꾸라질 잡놈아! 이건 정말 아니다. 일본 놈 같으면 싫지만 그러려니 할 수도 있겠지만 말이다!

우리는 나쁜 의미를 가진 말로 친일파라고 말하기도 한다. 그러나 조선인이면서 인간임을 포기할 정도의 행동을 했던 자들에게나 써먹어야 할 친일파인 것이다. 친일파가 아닐지 몰라도, 우리 민족 해방은 잘못된 해방이라고 여긴 사람들이 대부분이었음을 무시해서는 안 될 것이다. 결과적으로, 해방은 외부 전쟁 결과로 인해 주어진 것이라고, 그렇게 믿는 사람들고 있었지만 말이다. 한국인이든 아니든 사람으로서의 인간성을 살펴야 한다는 것이다. 지금은 아니지만, 해방 전만 해도 양반이 아닌 상민들은 3·1 운동, 독립운동은 헛소리에 불과했음을 알아야 할 게 아닌가?

그러니까 보기에 따라서는 수로 따져 몇 명도 안 될 양반을 모셔야 했던 상민이 대부분이었기 때문이다. 또 일본이 만든 농토 덕에 밥을 먹게 되었다고 말하는 이들도 있었지만, 그 곡식이 누구의 것이었는지는 늘 분명하지 않았다. 물론 일본인들 이익 타산으로 만든 농지고, 만경 농토는 자연적 농토이기는 하지만 말이다. 그런 만경 들녘에서 수확한 곡식을 일본으로 다 가져가 버려도 싫다고 하기보다는, 까대기(짐을 어깨에다 매는 일본 말)일지라도 돈을 벌어야만 해서 근력이 있는 남자들은 곳곳에서 모여들기도 했다. 빼앗긴 조국을 되찾겠다고 나섰던 입

장들은 그렇게 모여드는 사람들을 보며 무슨 생각을 했을까. 그러니까 우리 민족이 일본인들로부터 수모를 당하고 있는지 그런 생각 말이다. 이런 문제에 있어 조국을 되찾겠다고 피까지 흘렸던 분들을 가지고 다른 말을 해서는 안 되겠지만, 배고픈 사람에게 당장 필요한 것이 무엇이겠는가. 밉지만 인정할 것은 인정하자는 것이다.

"아니기는 뭐가 아니요. 그러면 치마라도 올려 봐요."

"뭐요?"

임신 중인 아낙이 성질을 부렸다.

"그러면 차마 올리는 것도 싫다는 거요?"

"싫고, 안 싫고가 어디 있냐고요, 말도 안 되게."

"영 싫으면 그냥 가기나 하시오."

"그냥 가도 돼요?"

아무리 연약한 여자라고 해도 너무 그러지들 마시오. 타작마당 일꾼들에게 점심을 가져다주고 되돌아가는 아낙은 어쩔 수 없다는 듯, 타작마당 감시자는 만삭인 아낙 치마 속 부분을 야릇한 눈으로 쳐다보려는 게 아닌가. 물론 사리마다야 입고 있었지만 말이다. 사리마다 입었다 해도 그렇지, 홍등가 창녀 몸일지라도

본인 허락 없이 여자 몸을 함부로 봐서는 안
될 것은 말할 필요도 없는데 말이다. 이것이 일
제 강점기였음을 국민은 알아 둘 필요도 있을
게 아닌가.

"그래요."

타작마당 감시자는 아낙이 벼를 훔친 것이
아님을 확인하기는 했어도 감시자라는 체면을
살려야만 해서 미안하다는 말 대신 보자기를
발로 툭 차는 시늉을 하면서, 허공을 향해 총
을 땅~ 쏘고, 아낙은 땅~ 하는 총소리에 몸을
움찔하면서, '망할 놈'이라는 표정까지는 아니어
도 구시렁거리며 간다. 일본인으로부터 겪은 것
과는 또 다른 종류의 폭력이 같은 조선인에게
서 느껴질 때가 있었다. 이 잡놈아! 네놈이 사

람이냐? 만삭인 남의 여자 배를 보자고 하게! 만삭인 여자 배지만 감시자라는 이유 때문에 싫다고 할 수는 없어 마지못해 보여 준 아낙은 뒤돌아서면서 욕을 마구 해 댄다. 물론 마음속으로만 하는 것이기는 해도 말이다. 어쨌든 이런 고약한 문제에 있어 앞서 말했듯, 그 시절은 누가 더 악했느냐를 가리기 힘들 만큼 모두가 망가져 있던 시간이었을 것이다. 그래서 드는 생각이지만, 훗날 전해진 것과 같이 온 국민이 태극기를 들고 '만세'를 불렀다고 하기엔 그날의 마음은 전부 제각각이었을지도 모른다. 잃어버렸던 조국을 되찾아야겠다고 애쓴 애국자도 있을지 모르겠지만, 혹 있다면 그 수는 얼마나 되겠는가?

만 경 들녘 타작마당은 수백 곳이고, 타작마당 감시자도 그만큼 많을 것은 물론일 테고, 타작마당 감시자 대부분은 조선 사람들이었을 것이다. 일본인들이 고용한 인력 말이다.

아무튼 그렇게 고용해 쓰는 일본 사람들은 조선인들에게 인간 차별은 안 했다지 않은가. 그러니까 일본인들이 조선인을 고문하고 죽이는 것은 개인적인 감정이 아니라 정치적이었기 때문이라지 않은가. 그러니까 일본이 아무리 미워도 심성 괜찮은 사람까지 미워해서야 되겠는가.

아무튼 만 경 들녘은 꿩들이 살아가기에 아주 좋은 곳이다. 그래서 타작마당 감시자들은 위협하는 총을 쏴 댄다. 만 경 들녘은 가운데서서 사방을 둘러봐도 끝이 어디인지 모를 정도로 넓은 들녘이다. 만 경 들녘이 그렇게 넓다보니 타작마당 감시자도 그만큼 많아 총소리도 여기저기서 들린다. 일본은 설명할 필요도 없이 섬나라지만 조선 사람들은 일본인들에게 빌붙어 살아가는 것을 넘어 흠모한 나머지, 일본 사람들과 한 덩어리로 살아가자는 천왕 제도도 있었지 않았겠는가. 꼭 그래서만은 아닐 것이나, 미국도 결국은 원자 자폭탄에 의해 실패하고 말기는 했으나, 일본은 우리 한민족이 농사 지을 발판도 만들었다. 물론 세계 전쟁에다 써먹자는 꼼수도 있었을 테지만, 그래, 일본은 우리 한민족의 땅을 언젠가는 자기 영토로 만들어야겠다고 오래전부터 준비도 하고 있었을 것이 짐작된다. 일본은 그런 준비를 하고 있을 때 우리 민족은 어처구니없이 종묘사직이니 뭐니, 그동안 궁정에서는 말도 안 될 짓들만 해 왔음을 생각해 볼 수 있을 것 같다. 이런 문제에 있어 우리 민족에게만 있는 천대 말인지는 몰라도, 팔천(八賤)이라는 것도 있었다. 팔천이란 뭔

가. 백 사람 중 한 사람 정도만 양반 대접을 받을 뿐 나머지는 아무렇게나, 그러니까 행색만 사람이지 사람처럼 대접받지 못했다. 그래서 일본을 침략국이라고는 하나, 실상은 양반들은 모셔야만 하는 잘못을 없앨 기회였을 것이기에 천민 대접이었던 사람들은 일본 침략을 환영하지 않았을까.

말하기도 조심스러울지 모르나 온 국민이 그동안 해방을 원했다는 건 순 거짓이다. 양반과 천민의 관계는 얼마나 큰 관계였던가. 그러니까 양반은 모셔야 할 어른으로 대접했고, 천민은 헛간에 걸어 둔 농기구 정도로 취급했으니 말이다. 그래서 양반집 사람이 죽으면 천민 여자들을 상복까지 입혀 울어 주고, 양반이 지나가면 한쪽에 비켜 고개를 들지 말아야 하고, 생각지도 않게 마주칠 경우 죄송하다는 의미로 고개를 푹 숙여야 한다. 그러나 천민이 죽으면 묘도 만들지 말아야 하고, 양반 묘 근처에 묻혀서는 더더욱 안 돼 산도 아니고 냇가 근처에, 달리던 차 바퀴에 치여 죽은 길고양이처럼 내버리다시피 했고. 양반집 아이면 한참 할머니일지라도 도련님이라고 깎듯이 불러 대해야 했고, 노비들은 양반보다 먼저 잠자리에 들어서도, 늦게 일어나서도 안 되고, 밥도 방에서 먹을 수 없고, 양반이 밤새 본 소변을 버리는 것도 밝은 표정으로 버려야 하고, 양반이 행차하고자 말을 이용해야 할 경우, 천민 한 명은 말고삐를 붙들고, 한 명은 말똥이 쏟아질 것을 대비해 그만한 똥 그릇을 들고, 한 명은 양반이 말에서 떨어지기라도 할까 봐 양반 등 뒤를 받치는 시늉이라도 해야만 했다. 여자일 경우에는 식모,

찬모, 침모로 나뉘었다. 그러니까 침모는 양반 잠자리를 돕는 사람이라 젊은 여자여야 하고, 그래서 노비들은 푸대접일지라도 그냥 참아 낼 수밖에 없었는데, 한번 노비로 태어나면 자자손손 이씨 조선 때부터 무려 오백 년 동안 노비 신분으로 살아야 한다. 노비가 되는 악법이 조선 말기까지 있었다지 않은가. 그래서 노비들은 죽으나 사나 목숨이 양반들 손에 달렸기에 무조건 양반 뜻에 따를 수밖에 없어 양반 잠자리도 챙겼다지 않은가. 그러니까 양반은 죄 때문에 곤장 맞을 짓을 해도 상놈이 대신 맞거나, 죽인다 해도 어찌할 수 없었으며, 천민 애들은 나이를 따지지 않아도 제 손으로 일할 만큼 힘이 있으면 아무 때나 스스로 알아서 일을 해야만 했으며, 여자아이들은 양반집 아들들 성적 노리개가 되기도 했단다. 그래서 노비들은 집에서 기르게 되는 가축과 같은 대접을 받았는데, 해방하게 되면 그런 대접을 받던 시기로 되돌 아갈지도 모르는데 보도는 태극기 들고 만세를 불렀겠느냐는 게 아닌가. 여기서 해방이 된 후 얼마까지도 "이 백정 같은 놈아!" 했음을 상기 할 필요도 있을 것이다. 아무튼 그런 말도 안 될 악법들을 이승만 대통령은 3불이라는 이름 으로, 그러니까 백성을 복종케 하는 임금제도, 누구든 인간답게 살아가야 할 양반제도, 머리 도 시원해야 잘라야 할 상투 자르기를 시행했 으니 말이다.

그런 얘기를 더 하면 양반의 묘는 능처럼 큰 데다가 어마어마한 비석 이야기까지 해야 한 다. 아무튼 남자로 태어났으면 마음에 든 예쁜 여자에게 장가들어 사랑을 나누기도 해야 할

건 당연한데도 그런 상식조차 누리지 못한 채
죽어야 했던 데 안타까움이 든다.

"관석 상?"

군산항 주인 나카무라 상의 부름이다.

"예, 나카무라 상."

"사정이 이렇게 되기는 했어도 군산항 모든 일은 관석 상이 우선 맡아 관리를 좀 해 주어 야겠네."

"군산항 관리를 제가요?"

나카무라 상의 사환으로 선택받은 주관석
이다.

"그러면 관석 상 말고 여기에 또 누가 있어?"

나카무라 상은 느닷없는 말인 일본 패망이라
일본 천왕 방송을 듣자, 어찌할 바 모르다가 하
는 말이다.

"그렇기는 해도, 저는 아무래도 어려울 것 같습
니다."

"아니야. 어려울 게 없어. 그동안 해 온 그대
로만 하면 돼."

"그렇기는 해도요."

"아니야. 자네는 누구보다 잘할 수 있을 것 같아서 그래."

"예, 알겠습니다."

"그리고 잠깐 동안이기는 하겠으나 동네 분들 우리 집으로 모이도록 애기 전달해 주고."

"동네 분들 모이게 하라고요? 동네 분들에게 무슨 말씀을 하시려고요?"

나카무라 상 아내 요시코의 말이다.

"무슨 말을 할지는 일단은 모인 자리서 할 테니 요시코 당신도 그리 아시오."

"알겠는데, 동네 분들에게 불안한 말씀은 마시오."

그래, 나야 남편이 하는 일을 따라야 할 아내뿐이기는 하나 우리 남편은 도쿄 대학 출신이고, 개인이 아니라 국가의 한 축을 감당해 내야 할 책임자다. 그렇기도 하지만 조선 땅에 묻힐 각오를 하고 있는지라 동네 분들과도 잘 어울릴 방도로 일본에는 없을 농수산물 등을 일본 사람들에게 팔 수 있도록 길을 터 주는 일뿐만 아니라 군산에다 대학을 세울 생각도 있어 이곳이 괜찮은 터인지도 알아보는 중이지 않은가. 남편 나카무라 상이 이따 그런 말을 할 것이기는 하지만 말이다.

"살림도 그냥 두고 갈 테니 물건들 훼손 안

되도록 잘 좀 해 주고."

"그런데 이렇게 가시면 언제쯤 오시게 될지요?"

"거기까지는 모르겠고, 곧 돌아올 것으로 알고 관리나 잘해 줘. 부탁하네."

"예, 알겠습니다."

"어떤 일인 줄 알고 그렇게 대답해요."

주관석 아내 송영자의 말이다.

"그렇기는 해도."

"아저씨! 일본으로 안 가시면 안 되는 거요?"

"지금으로써는 별수 없어요."

세계 정복이 꿈이었다가 실패한 일본 사람으로서 창피한 일이 아닐 수 있겠냐만은 군산항 주인인 나카무라 상 아내는 소리까지 내며 울고, 군산항 사환뿐인 주관석 아내 송영자는 줄곧 침묵했다.

"아닙니다만."

세상을 살아가다 보면 어떤 일로든 삶의 형태가 변할 수는 있다. 그렇지만 일본이 패망하리라는 생각을 누군들 했겠는가. 일본 본토에다 원자 폭탄 투하를 감행한 미국 대통령이나 군

해방의 날

인들 말고는, 아무튼 주관석은 상상도 못 할 군
산항 주인까지 된 것이다.

"그리고 가지고 갈 거나 좀 챙겨 배에다 실어
줘. 무슨 말인지 알겠지?"

"예, 알겠습니다."

"참, 그리고 말이야."

"예."

주관석은 군산항 주인이기도 한 나카무라 상
이 무슨 말을 할지 듣기 위해 귀를 쫑긋거렸다.

"이렇게 가면 언제 오게 될지 아직은 모르겠

으니, 밀린 임금이 있는지도 꼼꼼히 살펴. 누락
된 것이 있으면 즉시 지급하고 말이야."

"알겠습니다."

"그러니까 노임도 떼먹고 도망갔다고 하면,
일본으로 가게 되는 나뿐만 아니라 관리를 하
게 될 관석 상도 말 들을 수 있지 않겠어?"

"여보, 관석 상이 어련히 할까 봐 그런 다짐까
지 하세요."

나카무라 상 아내 요시코는 맛나게 살아가는
중인데 느닷없이 일본으로 가게 됐다는 게 너
무도 슬퍼서도 그렇겠지만, 부아도 난다는 게
아니겠는가.

"그래요, 관석 상이 다 알아서 하겠지만 그렇
게 하게 되네요."

"아이고, 이 일을 어쩌면 좋아요."

'우리 일본은 세계 정복만 알았을 뿐 잠자는
미국 놈 코털 뽑으면 어떻게 될지는 모르고 우
리를 망하게 만드는 거야?' 나카무라 상 아내 요
시코는 그런 생각까지 한 것은 아닐 것이나 일본
으로 되돌아가게 되어 슬픈 건지 바다 건너편
산만 물끄러미 바라본다.

"생각지도 못할 느닷없는 일이라서 나도 심란
하네."

나카무라 상의 심란하다는 말은 그동안 꿈꾸

던 조선 땅에서 대대로 살 생각이었으나, 그러지 못하게 되었다는 말 아닌가. 그렇냐고 물어볼 필요도 없이. 그렇기에 조석으로 만나게 되는 조선 사람들과 앞으로 잘 지내 보자고 친분도 그만큼 쌓았을 텐데, 아니나 다를까, 일본 천황폐하가 항복 선언을 하다니. 일본이 그랬기에 나카무라 상 가족은 어찌할 바 몰라 당황했을 게 아닌가. 당황한 것은 나카무라 상뿐만 아니라 각 나라에 흩어져 있는 중국, 필리핀, 태국, 베트남, 라오스, 미얀마 등 외국에서 나름대로 살아가던 사람 모두도 포함일 것이다.

사실전쟁 마당에 있던 일본군은 일본 천황폐하 항복 방송을 듣고도 믿을 수 없어 그랬겠으나, 일본군들은 우물쭈물하는 걸 본 연합군은 일본 천황 항복 방송을 늘 틀어 준다. 그것도

고성능 확성기로. 이놈들아, 들어 봐라! 너희들
이 섬기는 신의 항복 소리 아니냐? 그랬을 거라
는 짐작까지 필요하겠는가. 전쟁 승리도 그렇
다. 6일 만에 끝낸 중동 6일 전쟁처럼 아니면
남을 게 뭐겠는가. 그동안 살던 일본 본국으로
쫓겨 나는 나카무라 상 가족처럼 말이다.

"그러면 언제쯤 가실 계획이세요?"

"날짜까지 정하지는 않았지만, 다들 떠나고 있
어서 나도 다음 주쯤에는 떠나야 할 것 같다."

떠난다는 말을 마치자마자 나카무라 상과 부
인 요시코는 울기 시작한다. 나카무라 상과 그
의 부인 요시코를 보던 이웃들도 눈물을 흘린
다. 우리나라를 빼앗은 일본이기는 해도, 군산

항 주인인 나카무라 상이나 그의 부인 요시코의 마음씨는 너무나도 좋았다. 그들은 이웃과 가까이하려고 부단히도 애썼기 때문이다. 비록 짐을 배에다 싣고 내리는 일로 노임을 주고받는 주인과 노무자 관계이기는 해도 말이다. 국가적 문제와 인간관계 문제는 달리하자는 것이다. 쪽발이 놈들이니, 그런 말은 본인의 인격을 떨어뜨리는 말일 테니.

"여보, 저분들이 본국으로 가 버리시면 우리는 어떻게 되는 거요?"

주관석 아내 송영자는 밥줄이 끊기게 될지도 몰라 물었다.

"어떻게 되기는 어떻게 돼? 우리에게는 괜

찮을 일일 수도 있어. 남이 들으면 안 될 말이
지만."

"아니, 괜찮을 수도 있다니요?"

"아무튼 이미 벌어진 일이니, 나중에 어떻게
될지는 몰라도 군산항은 당분간 우리가 관리해
야 하지 않겠어?"

"나카무라 상 아내 요시코 상은 슬피도 울어
대던데. 다시는 못 올 것 같아서일까요?"

"그래서겠지. 그러니까 일본이 패망했잖아."

"일본이 패망한 게 왜요?"

"다시 돌아오지 못할 것 같아 울었겠지."

"요시코 상이 우리 아이들에게는 여간 잘했는데 말이오."

"요시코 상이 어디 우리 아이들에게만 잘했나, 동네 아이들에게도 여간 잘했지."

"그런데 우리의 노임은 누구한테 받게 되는 거지요?"

"우리가 받아야 할 노임 문제?"

"그렇지요."

"생각해 보니 그렇기도 하네. 노임을 우리도

받아야 할지 잘 모르겠네."

　주관석은 지난달까지는 월급을 꼬박꼬박 받
았으나, 이번부터는 상항이 상항인지라 그동안
의 월급 받을 수도 없을 테니 어떻게 해야 할지
고민이라는 태도를 보였다.

　"근데 나카무라 상이 자기 본국에서 안 오면
군산항은 누가 관리해야 되는 거요?"

　주관석 아내 송영자는 잘될 일이라 생각했는
지 약간의 미소를 지었다.

　"나카무라 상이 본국에서 돌아오지 않으면,
글쎄, 그런 생각까지는 아직 못 했으나 군산항
관리는 우리가 해야 할 게 아녀?"

"그렇기는 해도 군산항 운영을 우리 마음대로 할 수도 없을 건데요."

"군산항 문제가 어떻게 될지 모르겠으니 우리는 두고만 보자고."

군산항 운영권은 새로 생길 정부가 결정할 일이지만, 단순 심부름꾼이었던 주관석은 군산 부자로 살 수도 있겠다는 생각에 빠져 있다.

"아이고, 이 일을 어쩌면 좋냐."

주관석 아내 송영자는 그리 말하면서도 약간의 미소를 짓고 있다. 그러니까 잘나가던 상대가 잘못되는 것이 내게는 복일 수도 있어 그럴 테지만, 목숨 내걸기까지의 해방은 무어란 말인가? 아무튼 남편 주관석은 나카무라 상이 괜찮은 사환으로 인정해 주기도 해서 탈 없이 살아가는데, 웬 뚱딴지 같은 소리야. 주관석 아내 송영자는 그런 생각을 하면서 남편 표정이 어떤지 본다.

그래, 가진 자들에게 가장 무섭고 싫은 게 무어냐고 누가 다가와 묻기라도 한다면 말할 것도 없이 '나 살기 좋을 세상의 변화'일 것이지만 말이다. 어떻든 우리 민족이 그동안 얼마나 많은 피해를 받았던가. 그러니까 언제부터인지는 몰라도 지금으로써는 자자손손 천민으로만 살아야 했던 슬픔에 대한 고통 말이다. 손주뻘인 어린 나이라 쉽게 말한 것이 죄가 되어 주인 마님으로부터 호통도 받고, 밥도 멀쩡한 그릇에 담아 먹어서는 안 되고, 노비는 죽어도 길에서 죽어간 길고양이 취급 당했고, 천민 신분

여자아이들은 양반집 아들들 성 노리개처럼 당했고, 양반이 받아 할 벌을 천민이 대신 받아야 했고, 공부해 봤자 써먹을 수도 없는데 양반 자식들 글 읽는 소리도 못 듣게 가로막았고. 또 병들어 죽을 정도만 아니면 하다못해 빗자루질이라도 해야 했고, 잠자리도 양반보다 먼저 들거나 늦게 일어나는 날에는 죽었다 복창할 정도고, 옷도 깔끔한 걸 입어서는 안 되고, 양반집 초상도 나라님 승하처럼 여겨야만 했다. 이것이 천민들 생활상이라서, 해방이라고는 하나 전날로 돌아가는 것은 아닐지 걱정했을 것이다.

조선시대 호적은 양반들 대상으로 한 것이었고, 양인에 속하는 양반과 상민들만이 독립된 주체로서 가문별로 호적을 부여받았다. 과거시험도 양인이라는 증명서가 있어야만 해서 과거

시험에 응시할 자격이 없었다. 양인 신분이 아닌 노비들은 정부로부터 독립된 주체로 인정을 받지도 못해 호적이 없어, 양반 가문에 소속된 노비들로 등재되었다. 당시 사회 분위기가 그래서 노비들의 이름도 한자로 표기되지 않아 남자 종은 떡쇠, 또는 개똥, 여자 종은 이삐 같은 이름으로 기재하는 게 당시 관례였다. 그래서 양반 가문은 사유 재산으로 호적에 올려져 있었으니, 독립된 호적을 만들 때 씨 행세를 한 자다. 그의 부친은 일본으로 건너가 가족들 이름을 모두 일본식 이름으로 기재가 되었다. 사실인지는 몰라도 사실처럼 기록한 자는 그런 말을 할 수 있는 자격자인지 묻고도 싶다. 그래서 어떤 기록에서는 양반과 상민의 법정 다툼이 있었다고 기록하고 있다. 양반과 천민 신분제도가 분명한 시대로 봐 억지 기록이지만, 기

록을 남긴 인물 성향까지 알 수는 없어도 천민
도 같이 맛나게 살아가는 웃음을 강조하기 위
함이었을 건 짐작할 필요도 없을 것이다.

"군산항 관리는 우리가 그동안 했지만 말이여."

"그러면 주재소에다 한번 알아봐요."

주관석 아내 송영자의 말이다.

"알아볼 것도 없어. 가만히 있어도 찾아와 이
렇다 저렇다 말할 거니."

주관석이 군산항 관리자가 되기까지는 주관
석 부친 덕이 크다고 할 수 있다. 그러니까 주
관석 부친은 인상부터가 호감형이었기 때문에

나카무라 상으로부터 후한 평가를 받은 후 가족이 일본으로 건너가게 되었고, 주관석은 일본 호소다 고등학교까지 다닌 것이다.

"우리가 가만히 있어도 정부가 알아서 잘해 주어요?"

이럴 때 해결해 줄 사람이 있어야 할 건데, 걱정이다. 해결까지 해 주는 건 아니어도 방법만이라도 알려 줄 사람이 있으면 좋겠다. 주관석 아내 송영자는 그런 눈빛으로 남편을 쳐다본다.

"군산항이 앞으로 어떻게 될지는 모르겠지만 우리에겐 나쁘지 않을 테니 전처럼만 하고 있자고."

주관석은 그동안의 관리 장부들을 보면서 말했다.

"우리에겐 나쁘지 않을 거라니요, 나는 걱정인데. 당신은 태평성대한 말만 하네요."

"말로만 걱정한다고 해결될 일도 아니잖아. 그리고 라디오 한번 틀어 봐. 일본 항복 선언 또 들어 보게."

당시 라디오는 나카무라 상 집에서 들을 수 있었다.

"라디오 틀어요?"

"아니, 그만둬. 생각해 보니 하루에 열 번도

듣던 얘긴데."

"일본 군인들이 천왕 항복 때문에 자살도 했다는 것 같은데, 진짜일까요?"

"아마 그랬을 거여. 그러니까 일본 사람들이 자랑으로 여기는 사무라이 정신 말이여."

"그렇다 해도 한 번뿐인 목숨인데, 대신 죽어야 해요?"

"그것이 곧 일본이 세계 정복 전쟁 아니겠어."

그럴 것이다. 어떤 정부가 들어설지는 더 두고 봐야겠으나, 군산항 관리 업무가 생각보다 어렵다. 그래서 군산항 관리를 해 보지 않은 사람에게는 맡기지는 않을 것이다. 그러니 일터가 없어질 리는 없을 테다. 주관석은 그동안 장부며 갖가지 필요한 것들을 완벽하게 해 두자는 것이다. 그러니까 일본이 그동안 우리나라를 지배하기는 했으나, 해방이 된 건 불량한 마음일지 몰라도 군산항은 사실상 주관석이 주인이라는 것인지, 고개 끄덕이게 되었다.

"술 한잔 내올까요?"

주관석 아내 송영자가 응원 차원에서 한 말이다.

"아니, 교회에 나가면서 술은 무슨 술이여. 술 말고 다른 맛난 거 없을까?"

"교회는 나가도 농주라는 것도 있잖아요. 그

래서 그러지요."

"목사님이 그러시던데, 예수 믿는 사람은 술
을 마시면 안 된다고. 그런 말을 당신은 건성으
로만 들었을까?"

"알았어요."

그동안은 군산항은 일본 사람인 나카무라 상
이 관리했었으나, 이젠 그분도 떠나 버렸으니
이제부터 이 군산항은 우리가 주인 것이다. 그
런 생각 때문이겠지만 주관석 아내는 얼굴이
어느 때보다 밝아졌다. 그래, 사업 실패로 망하
는 사람이 있다면 사업을 실패한 사람 때문에
덕을 보는 사람도 있다지 않은가. 나카무라 상
은 자국 폐망으로 쌓아 둔 모든 것들을 다 놔

두고 갈 수밖에 없었다. 때문에 우리나라에서 살던 일본 사람들은 많이 슬플 것이나 주관석한테는 뜻하지 않게 복이 스스로 들어온 것이다. 그러니까 군산항 관리자를 넘어 주인이 된 것이다. 이것을 두고 행운이라고 말해도 될지는 몰라도, 주관석은 보라는 듯 팔자걸음을 하며 살아갈 수 있게 된 것이다. 군산항을 생각해 보면 드넓은 만 경 밭에서 생산한 쌀을 몽땅 일본으로 실어 가 버린 바람에 비통하기도 한 것이다. 그렇지만 살맛 나는 한 사람이 있었으니, 그가 바로 교회 장로이기도 한 주관석이다.

"4·19가 터졌다는데 기준이한테 가 봐야겠으
니 필요한 것 좀 챙겨 주어요."

이승만 대통령을 3선 대통령으로 만들기 위
해 억지 헌법을 만든 것이 이승만 대통령 건국
업적을 망가뜨린 사건이었음을 4·19 기념사업회
는 말하고 있지 않은가. 그래서 다른 나라 사정
이기는 해도, 미국 초대 대통령 워싱턴도 대통
령을 한 번 더 하고 싶어 하는 욕심이 있었지만
결과가 나쁠 수도 있다는 생각에 그만둔 것이
란다. 박정희 대통령은 대한민국 대통령으로서

하던 일을 마무리 지으려고 할 게 아니라 다음 통치자가 하도록 넘기는 게 맞는 길임을 모르지는 않았을 텐데 말이다. 그러니까 지금의 청와대를 서산 방조제 근방에다 세울 계획까지 있었다지 않은가. 김신조 일당들에게 당할 뻔하기도 했고, 국가 안보 차원에서도 말이다.

"기준이한테 가 보게요?"

"요 녀석이 하라는 공부는 안 하고, 대모 하는 학생들과 합세하다가 다치기라도 하면 안 되니 데리러 가게요."

"우리 기준이는 그럴 녀석이 아니기는 한데…"

"기준이는 이제 당신 젖 먹던 녀석이 아닌 거요. 그렇기도 하지만 다른 애들은 대모 하러들 나가는데 우리 기준이만 집에 있겠어요? 안 그래요?"

"그렇기는 해도…."

주관석 아내 송영자는, 학교 때문이기는 하나 아들이 보나마나 허름할 하숙집에 홀로 있으니 걱정이 한 짐이다.

"아무튼 다른 말은 말고, 기준이에게 용돈도 주어야 할 테니 차비나 넉넉하게 좀 주어요."

"그러면 돈 가방은 무슨 가방으로요?"

"돈 가방?"

"그러니까 나카무라 상이 들고 다니던 가방에다요?"

"그런 신사 가방 말고 다른 가방도 있잖어. 그러니까, 쓰리 안 당할 가방 말이여."

"알았어요."

아들이란 엄마에게 있어 어떤 존잰가. 모든 것을 통째로 주어도 아깝지 않을 그런 존재 아닌가. 그래서 대학교 다닐 때까지만이기는 해도 전보다 더 나은 하숙집에서 기거할 수 있도록 그만한 돈까지 마련해 줄 게 아닌가. 아들에게 줄 돈도 넉넉하게 주고, 남편 주관석은 버스

를 타고, 열차를 타고 대학생인 아들 기준이한
테 간다. 가서 보니 공부는 하는지, 안 하는지
잘 모르겠으나, 정돈되지 않은 책상, 널브러진
옷가지들이 보였다. 걱정했던 4·19 대모에는 나
가지 않은 것 같아 다행이기는 하나, 마음 놓을
수는 없다.

"아버지는 저 때문에 오신 거예요?"

아들 기준이는 '안 오셔도 될 건데' 그런 태도
로 말하는 것이다.

"그래, 이 녀석아."

"오실 때 버스랑 열차 타셨어요?"

아들은 기준은 필요 없는 말을 했다는 듯 오른손이 목뒤를 긁는다.

"그러면 비행기로 왔겠냐?"

아버지 주관석은 그렇게 말하면서 아들 기준이의 태도를 위아래를 훑는다.

"그게 아니라, 그러니까 제 말은 안 오셔도 될 건데 오셨냐는 거지요."

"네가 하라는 공부는 안 하고 대모 하러 나가는지 걱정이 돼서 온 것이다. 그러면 안 됐냐?"

"4·19 때문에요?"

"네 엄마가 라디오를 듣더니 어서 가서 데려
오란다."

"엄마가 나를요?"

"그래, 너 따라 내려갈 거지?"

"아니요."

"아니라니? 네 엄마는 널 데리고 올 줄로 알
고 있을 텐데."

"다른 학생들은 4·19 대모를 해도 저는 밖에
나가지 않을 테니 그런 염려는 안 하서도 돼요,
아버지."

"기준이 네 말 들으면 안심이 되기는 한다. 그렇지만 네 엄마는 걱정이 태산이다."

당장은 아니겠지만, 나중에는 군산항을 아들 기준이에게 물려주어야 한다. 꼭 그래서만은 아니나, 자식은 눈 감을 때까지는 마음 놓을 수 없는 존재 아닌가. 아들 너는 아직 학생이라 모를 테지만 말이다.

"말씀드리지만, 안심 안 하실 일이 조금도 없어요. 아버지가 저를 못 믿으시면 안 되지요."

사실이다. 대모도 용감함이 필요하다. 그런 점에서 주관석의 맏아들 기준이는 가진 자 집안의 자식이라 어떤 놈이든 다가올 때마다 방어 태세를 취하며 성장했고, 지금도 그렇게 살아가기는 할 것이다.

"그러니까, 나더러 믿으라고?"

자식 말에 넘어가지 않을 강심장인 부모는 아마 없을 것이다. 있다고 해도 아주 드물 게 아닌가. 아무튼 기준이 너는 앞으로 집안을 잘 이끌어 가야 할 장남이다. 그러니 공부를 열심히 해서 박사도 되고, 대학 교수도 되어라. 그렇게 되기를 하나님께 기도한다. 그것도 늘 말이다.

"말씀을 다시 드리지만, 저는 대모에 나가지 않을 테니 그런 걱정은 마시고, 저 하숙집을 옮기면 안 될까요?"

"이 방은 불편해서?"

아버지 주관석은 정든이 안 된 책상을 보면서 말했다.

"그게 아니라 학교 다니기에 좀 멀어서요."

"학교 근처에 괜찮은 하숙집이 있는지 알아보기는 했고?"

"아직 알아보지는 않았는데, 친구 방 구경은 했어요."

"그래?"

"그러니까 순천에서 올라온 학교 친구가 있는데, 자기 방을 보여 주어서요."

"알았다. 그러면 내일 같이 가 보자."

말할 것도 없이 복 관리를 어떻게 하느냐에
따라 달려 있을 것이지만, 그것이 주관석에게
주어진 복은 아니게 되고 말았다.

성도 여러분, 내일은 주관석 장로님의 장례식입니다. 그러니 장례식만은 잘 치러야겠습니다. 주관석 장로님은 그동안 존경도 받지 못한 상태로 소천하셨다 해도, 장로님을 그동안 따랐고 모시기도 했던 성도로서 할 일은 해야 할 것 같습니다. 생각해 보면 오늘은 우리 민족이 일본의 피압박에서 해방이 된 지 24년째 되는 광복 기념 주일입니다. 아니, 기념이라기보다 기억하는 주일이라고 말하는 것이 더 맞을 것 같습니다. 이렇게 말하는 이유는 일본으로부터 받아 내야 할 국가적인 일이 아직도 남아 있기 때문입니다. 저야 해방되기 얼마 전에 태어나, 초등학교 때까지는 깊은 지리산에서만 살았기에 일본이 우리 민족에게 얼마나 잔인하게 했는지 실제로 겪지는 못해 모르겠으나, 말을 들으면 우리 민족은 일본인들 생활 방식 도구였을 뿐이었습니다. 그랬기에 우리 민족은 아직도 일본을 미워만 하고 있습니다. 기독교적으로 입은 피해만도 너무 크기 때문일 겁니다.

제가 신학생 시절에 이미 소천하신 명기환 목사님의 설교가 생각납니다. 그런 말씀을 드리기 전에, 먼저 지금의 군산항과 관련된 말씀부터 드리자면 그동안은 무역항의 면모까지 갖추고는 있었으나, 북적거려야 할 항구로서의 기능은 해방 전보다 못한 것 같아 서운합니다. 그래서 군산항을 근거로 살아가시는 분들의 삶은

피폐해졌을 것입니다. 그렇기도 하고, 일제 강점기 때로 돌아가 보자면 군산항은 억울하고도 슬픈 항구입니다. 그렇게 말하는 이유는 다들 알고 계시리라 싶지만, 설명하자면 군산항은 만경 들녘에서 수확한 곡물들을 죄다 일본으로 실어 나르는 항구였기 때문입니다. 물론 공짜로는 아니었을 테지만, 아무튼 그렇습니다. 제가 오늘 이 설교를 준비하기 위해 만경 들과 군산항을 다시 둘러봤습니다. 둘러보면서 느낀 바는, '군산항을 무대로 사셨던 분들은 얼마나 억울했겠는가' 그런 생각이 들었습니다. 물론 덕을 보고 사신 분들도 계실지 모르겠지만, 일단은 그렇습니다.

꼭 그렇기 때문만은 아닐 것이나, 곡물을 배에다 어떻게 실을까 보기 위해 부두로 가 보니 눈물이 다 나더라고 노령이신 분은 말씀하셨습니다. 우리가 먹기에도 부족한 곡물을 일본으로 죄다 가져가기 위해 배에다 실어 올려 주어야만 했던 슬픔의 군산항입니다. 짐을 일본 배에다 실어 주고 내리는 노동자들 중 일본 사람은 단 한 명도 없었고, 먹을 것도 없어 삐쩍 마른 우리 민족 노무자들만 있었기 때문입니다. 그렇기도 하지만, 발을 헛디디다간 아래로 추락할 수도 있는 널판때기만을 타고, 무거운 벼 가마니를 어깨에 둘러메고, 서커스단들이나 타는 아슬아슬한 사다리를 오르내리는 모습을 보면서 우리 민족이 어쩌다가 이 지경까지 이르렀는지, 우리 민족 조상님들이 원망스럽더랍니다. 우리 조상님들은 양반 대접 받고자 한자 공부를 해야 했을 것이고, 벼슬길에 올라 정부로부터 받은 수십만, 수백만 평의 토지를 소유하다

보니 위세는 당당해서 하늘을 찌를 듯하고, 교통수단인 말까지 두게 되었고, 말을 두다 보니 마부가 필요했을 테고, 양반 체면에 활쏘기 등 시조나 읊으면서 농사일은 천한 것들이나 하는 것으로 여기고, 긴 담뱃대를 물고 팔자걸음도 하면서 "거기 누구 없느냐?" 그랬을 것 같아, 나도 그분들의 후손이지만 속상하기 그지없다고 합니다. 여기서 한참 지난 전날 얘기를 더 하면 우리 민족은 이씨 조선이라는 이름으로 500년을 다스리는 동안 국민을 잘살게 애쓰기보다는 양반 상놈의 제도를 만들어 통치했다는 겁니다. 그래서 양반들이 만든 사주팔자가 지금도 멀쩡하게 살아 움직이고 있고, 양반집 아들 녀석들에게는 도련님, 딸아이에게는 아씨라고 했답니다. 또 할머니들은 옛날 것을 너무도 사랑한 나머지 아직도 아들 손주들에게는 '우리 강

아지' 합니다. 그렇다는 점에서 전라남도 나주 법정 기록 얘기로 양반과 상놈이 원님 앞에 서기도 했다고 기록하고 있는데, 그런 기록은 말도 안 되는 기록입니다. 상놈은 양반이 죽으라고 하면 죽는 척이라도 해야 했고, 곤장도 주인 대신 맞아야만 했던 그런 사회적 분위기였는데도 말입니다. 그런데도 어찌 된 일로 왜곡된 기록을 하고 있는지 모르겠습니다. 이씨 국정 운영 꼼수는 아닐지 의심스럽습니다. 아무튼, 우리 민족이 해방된 지 올해로 24년째가 되는 해입니다. 그렇게 되었지만, 안타깝게도 우리 민족은 민주주의와 공산주의라는 이데올로기라는 칼에 의해 두 동강이 났고, 생각하기도 싫은 6·25 전쟁을 겪기도 했습니다. 때문에 무고한 수백만 명의 생명들이 죽어야만 했고, 최소한의 삶까지 무참하게 짓밟혔습니다. 그렇게 짓밟

힌 6·25 전쟁 상흔이 지금까지도 이산가족 형태로 남아 있습니다. 이산가족은 인간의 정을 처절하게 파괴시켜 버리는 무서운 일이 아닐 수 없습니다. 형제고 친인척들이지만 당신들은 죽어야 하고, 나는 살아야 한다는 비윤리적 총부리가 휴전선에서 지금도 마주하고 있습니다. 이젠 생각하기도 싫은 6·25 전쟁의 뿌리 역시 일제 강점기에서 시작되었다고 믿고 있습니다. 일본이 그랬음에도, 일본은 6·25 전쟁을 통해 경제적 특수를 누린 것 같습니다. 그러니까 이웃 나라를 전쟁하게 만들어 놓고 거기서 이득을 취한 것입니다. 생각하기도 싫은 지긋지긋한 6·25 전쟁, 그런 전쟁입니다. 당시 전쟁에 필요한 식료품 등 전쟁 물자를 미국에서 실어 날려야 함에도, 그러기에는 거리상 너무 멀기도 하고, 소련 폭격기가 두려워 미군들의 식량일 시레이션을 포함한 군수 물자 일체를 일본에서 공수한 것 같습니다. 그러니까 제품 상표만 미국산으로 둔갑했을 것입니다. 그렇게 우리 대한민국 국민의 나쁜 감정을 의식해 만든 속임수로 보면 될 겁니다. 그렇기도 하지만, 미국으로서는 일본을 살릴 필요가 있었던 것 같습니다. 그 이유는 중국과 소련은 미국을 상대해야만 할 공산 세력이었기 때문입니다. 전쟁에서 패망한 일본이 다시는 망나니짓을 못 하게 하자는 미국의 힘이 작동했을 것이나, 미국 군사 전문가들은 일본을 살릴 필요도 있었을 것입니다. 경제적으로 말입니다. 그래서 일본 제품들은 날개를 달아 우리나라 6·25 전쟁터를 넘어, 베트남 전쟁터까지도 날아가 부자로 만들어 준 겁니다.

여기서 일본이 어떤 나라인지 살피면, 일본 정치 제도는 천황 제도입니다. 왜 그랬을까 보면, 일본은 우선 섬나라이기에 섬나라 사람들은 마음 한편에 갇혀 있다는 심리적 압박감이 자리하고 있을 겁니다. 그런 심리들을 하나로 뭉치자는 게 천황 제도고, 일장기일 겁니다. 그래서 일장기 문양은 보다시피 하나의 태양이고, 욱일기입니다. 일본 욱일기는 설명이 필요 없이 세계를 일본 손아귀에 넣겠다는 개념의 욱일기일 겁니다. 그러나 우리나라 태극기는, 삼팔선이 생길 것을 선열들은 예측이라도 했는지 가운데에 휴전선이 그어져 있고, 거기다 북쪽에는 이상하게도 공산주의 세력 상징인 붉은 문양이 있고, '건곤감리'라는, 무속인들이 좋아할 구술적 해석의 표시를 네 귀퉁이에 새겨 두었다는 겁니다. '나는 자랑스러운 태극기 앞에 조국과 민족의 무궁한 영광을 위하여 몸과 마음을 바쳐 충성을 다할 것을 굳게 다짐합니다.' 그런 문구를 환영해야 할 국민으로서 엉뚱한 말일지 모르겠으나, 우리나라 태극기는 어쩌면 이 나라가 품어 온 복잡한 믿음과 두려움이 함께 얽혀 있는 것 같습니다.

아무튼 일본은 세계 정복을 위해 모든 걸 쏟아붓던 과정에서 미국 해군기지인 진주만을 폭격했는데, 미국으로서는 도저히 그러려니 할 수 없어 일본 본토에다 핵무기를 쓴 것입니다. 그것을 생각해 보면 일본은 잠자던 호랑이 코털을 뽑다가 호랑이에게 물린 형국이 되고 만 것입니다. 그러니까 미국은 일본 항복을 받아내기 위해, 히로시마와 나가사키에 핵무기 투하하기 전 10킬로미터 이상 밖으로 대피하라는 경고문인 삐라를 여러 차례 비행기로 뿌린 겁니다. 그랬지만, 일본 정부도 일본 국민도 믿지 않은 바람에 그 피해는 너무도 컸다고 합니다.

그런 슬픈 얘기가 성도님들 신앙생활에 무슨 도움이 되겠습니까마는, 일단은 그렇습니다. 어찌됐든 오늘은 광복절을 기념하는 주일이기에 드리는 말씀이지만, 우리나라 해방은 하나님께서 만들어 주신 은혜입니다. 그런데도 북한은 비윤리적 상황을 만들고 있지 않나 그런 생각도 듭니다. 그러니까, 전쟁 말입니다. 전쟁은 인구 팽창 문제를 걱정하는 인구학자들이나 해야 할 문제로, 인간세계에서는 절대로 일어나선 안 되는 비윤리적인 일입니다. 그런 비윤리가 세상에서 떠나야 끝나고 말겠지만, 이미 남남이 되어 버린 상황에서 죽어 버리면 아무것도 아닙니다. 그래서 든 생각인데, 인간 사회에서 당장 내쳐야만 하는 비윤리, 이런 비윤리를 개인적으로는 어쩌지 못하다고 해서 가만히 있을 게 아니라, 국가를 위해 우리는 하나님께 기도해야 합니다. 그러니까 '나는 어디까지나 대한민국 국민으로서 국가를 지켜야 한다' 그런 정신으로 말입니다. 그런 정신은 예수님을 믿는 성도의 자세이기도 합니다.

그러면 예수님을 믿는 성도의 자세란 무엇인가? 말하자면 설명할 필요 없이, 전에는 대접을 받지 못했다가 예수를 믿고부터는 대접받는 것을 말하는 것입니다. 곧 '네 이웃을 네 몸같이 사랑하라'라는 말입니다.

그런 점에서 광복절에 대해 생각해 보면, 이

자리에 외국인분도 와 계시는지 모르겠으나, 우리는 단군 할아버지를 기점으로 한 배달 민족입니다. 그러나 경술국치로 인해 배달 민족이라는 정체성이 소멸된 것입니다. 족보로 말하는 씨족도, 우리글인 한글도, 수천 년 동안 이어져 온 삶의 문화도 없어진 것입니다. 이것은 인류 보편적 관점에서 봐도 있을 수가 없는 처참한 일입니다.

때문에 3·1 운동이 일어났는데, 3·1 운동에 개신교가 주축이 되다시피 했음을 명단을 보면 알 수 있습니다. 길선주, 이필주, 김병조, 김창준, 양전백, 유여대, 이갑성, 이명룡, 이승훈, 박희도, 박동완, 신홍식, 신석구, 오화영, 정춘수, 최성모 이렇게 16명인데, 이분들은 적극적으로 참여했습니다. (한국사를 연구하는 사람 말에 의하면 3·1 운동에 가입은 했으나, '그대로 있다가는 죽을 수도 있겠구나' 해서 슬쩍 빠지기도 했다는 재미없는 말도 있다.) 3·1 운동 지도자 33인 중 기독교인이 16명이면, 거의 반수가 기독교인들로서 3·1 운동을 이끌었다고 봐도 무관할 것입니다.

그분들 뒤에는 당시 2,100개의 전국 교회와 26만 명 교인들의 단결된 힘이 있었습니다. 손실과 핍박을 보면 그해 교회당 소실 80처, 기독교 계통 학교 파괴 8개교, 투옥된 교인 3,373명, 목사 54명, 전도사 157명, 장로 63명이 감옥에 갇혔다고 기록하고 있습니다. 특히 어린 여학생들을 십자가에 알몸으로 매달아 인두와 칼로 고문했다고 하니, 그 잔인함은 입에 담기조차 겁납니다.

3·1 운동 초기 발화는 기독교인들이 큰 영향을 주었습니다. 그래서 교회들마다 일제의 탄압이 극심했습니다. 성도님들 중에 가 보신 분이 계신지 모르겠지만 제암리교회가 그 예인데, 교인들을 예배당에 모이게 해 놓고 불을 질러 죽이는 야만적인 행동을 서슴지 않았습니다.

일본인들의 이런 야만적 잔악상을 캐나다 스코필드 선교사가 본 것입니다. 스코필드 선교사는 본 것으로 끝내는 게 아니라 일본의 만행을 널리 알리는 데도 큰 역할을 했습니다. 우리 민족 역사 속에서 개신교가 스코필드 선교사 자신을 주역으로 드러낸 첫 사건이었고, 개신교는 서양 종교라고 배척하는 바람에 선교를 할 수 없을 정도까지 된 것입니다.

때문에 충청남도 발안에 있는 제암리교회에서 발생했던 사건처럼 엄청난 희생을 당해야만 했습니다. 그랬으나, 그런 일들을 통해 민족인들 가슴속에 파고든 민족 종교가 되었습니다. 희생을 통해 오히려 기독교는 민족의 마음속으로 더 퍼져 나간 겁니다. 그렇게 기독교는 십자가를 통해 부활의 의미를 이루어 낸 것입니다.

일본은 세계 정복이라는 야망의 욕구를 채우기 위해 총이라는 무기를 만들 때, 우리 민족은 삼강오륜만 붙들고 앉아 양반 행세를 고수했다는 데에 후손으로서 부끄럽습니다. 그러니까 태어날 때부터 가진 천부적 재능을 펼치지 못하게 한 것이 오늘날까지도 철천지원수로 여겨야하는 남과 북의 비극입니다.

기독교는 사랑의 종교면서 부활이라는 희망
의 종교입니다. 희망이 무엇입니까. 설명까지
할 필요는 없겠지만, 상대의 재능을 인정하고
격려해 주어 피어나게 하는 것이 아닐까요. 잘
모르기는 해도 일본이 그랬을 것이라 여깁니
다. 아니라고 말할지 몰라도, 어떤 일본인들에
게서는 인간적인 면모도 보입니다. 물론 국가적
으로야 아닐지도 모르겠지만, 그렇습니다.

　일본인들의 인사 태도는 하나도 나무랄 데가
없는 양반들입니다. 그렇기는 하나, 아직도 자
기 생각을 감추는 이중적 성격을 지니고 있는
것 같습니다. 우리 민족을 지배했다는 자존심
때문에 그럴 것으로 예상합니다. 자동차를 예
로 들자면, 우리나라 자동차가 일본 차와 견주
어 하나도 뒤지지 않음에도 길거리 상품처럼

여긴다는 것입니다. 그러니까 그들이 우리나라 자동차를 구입해 몰고 다녀도 마크만은 안 보이게 하려고 한다는 것입니다. 우리 국민이 생각하는 우리나라 자동차는 승차감뿐이지만, 일본 차는 하차감도 있다는 것입니다. 그것은 무엇을 의미하는지 알 수 있는 척도는 선진국, 비선진국입니다.

일본은 세계 어느 국가보다 우수한 국가라는 자부심에 사로잡혀 휘두른 세계 전쟁이었겠지만, 우리 민족으로서는 씻을 수 없는 수모를 당했습니다. 그렇기에 박정희 대통령 때의 경술국치는 국가가 존재하느냐까지 하는 것으로 말썽이 번졌습니다. 때문에 지각이 있는 젊은이들이 들고 일어난 것입니다. 박정희 대통령도 그걸 모르고 경술국치를 하지 않았겠지만, 일단

은 그렇습니다. 경술국치라고는 하나 창피하게
도 우리는 가난을 벗어나자는 데 있었고, 일본
은 너무 떠들지 말라는 정치적 의도였음을 우
리 국민은 이해해야 할 겁니다. 세상에 배고픔
보다 더한 서러움은 없을 겁니다. 국정을 책임
진 여당 정치인들조차도 우리가 요구한 돈을
주기 전에는 협상하지 말라고 했답니다. 그렇지
만 정부는 그만큼 달란다고 줄 일본이 아니라
는 생각에 작은 배상금으로 대일 청구권 협상
결론을 내렸다고 합니다. 그렇게 된 문제에 있
어 성도님들도 알고 계시겠지만, 경제적으로 일
본 만행이 날로 더합니다. 그래서 앞으로도 얼
마나 더 심할지가 알 수 없는 오늘의 상황에서
나만 살겠다고 꽁무니를 빼지 말자는 겁니다.
눈치를 봐서 꽁무니를 뺀다면 민족적으로 배반
자로 낙인찍힐 것입니다. 그래요, 말로야 쉽지

해방의 날

요. 죽을 수도 있겠다는 생각이 들 때는 피하고 싶은 것이 인간의 당연한 심리일 것입니다.

가장 두려운 것이 뭐냐고 누가 묻기라도 한다면 저도 당연히 죽음이라고 할 것입니다. 그렇지만 천국은 살아서는 못 가는 곳이고, 죽어야만 갈 수 있는 곳입니다. 그러나 우리 민족이 신앙의 자유조차 일본에게 빼앗겼다는 것은 억울하고 한스럽습니다. 한스럽다고 해서 포기까지 해서는 안 되니 신앙생활을 일사 각오로 했다고 합니다. 일사 각오란, 주기철 목사님이 하신 것과 같습니다.

당시의 일들은 말로만 들었는데, 일본 침략으로 피해를 당한 일을 생각하면 슬픈 일이지만 우리 민족은 자초한 측면도 있습니다. 외세가

쳐들어올지도 모른다는 것을 인지하고 왜란을 통해 봤음에도 또 그렇겠느냐는 왕정이 그랬고, 국민은 복을 달라는 무속신앙에만 빠져 있었기 때문입니다.

　저는 일제 강점기 때 태어나기는 했으나 세상물정도 모르는 어린애이기도 했고, 시골에서만 성장했기에 일본 침략이 무엇인지를 전혀 몰랐습니다. 그래요, 알았다 해도 제가 할 수 있는 일이란 밥 먹고 살자는 데 있을 뿐일 겁니다. 그렇지만 목사가 되기 위해 공부하다 보니 우리 민족이 어떻게 살았기에 일본으로부터 침략을 당했는지 알게 됐으며, 독립운동이란 무엇인지도 알게 되었습니다. 그런 얘기를 조금 더 하자면 다음과 같습니다.

우리 민족의 삶의 형태는 양반 아전 천민으로 구분 지어져 있습니다. 양반은 얼어 빠질 삼강오륜이나 달달 외울 뿐 아무것도 하지 말아야 하고, 천민들은 양반들을 위해 죽어 주어야만 하고, 모든 것들을 다 바치다시피 했습니다. 아무튼 그렇게 살다가 죽게 되면 거적때기에 돌돌 말아 묘 봉조차 없이 죽은 길고양이 묻듯 묻어 버리면 그만이었습니다. 인간이라는 대접조차도 못 받는 천민이기는 해도 후손은 있을 것인데, 묘지만이라도 돌보게 해 주면 좋을 것을 그런 간단한 것조차도 못 하도록 해 버리는 것이 그 시대적 분위기였습니다.

나쁜 생각을 해 보자면 한민족이라는 말도 그런 이유에서 생겨난 말은 아닐까 합니다. 천민 대접이 어디만큼인지를 살피자면 양반들을 위해 노래를 불러 주고 춤을 추어 주기도 했는데, 그런 춤도 아무나 추는 게 아니라 젊은 처녀라야 했고, 양반들은 야릇한 눈빛으로 '얼-쑤, 얼-쑤' 했다는 데도 있습니다. 그래도 젊은 처녀들은 양반들 노리개가 되기 위해 갖은 노력을 다했습니다. 판소리도 그렇습니다. 판소리를 오늘날에서는 대접 차원에서 국악이라고 말하지만, 그런 국악도 한(恨)에서 비롯된 노래임을 엿볼 수 있는데, 우리 기독교는 그것을 없애자는 데도 있습니다.

그래서 천민이 보는 독립운동은 웃기지도 않습니다. 그리 말하는 건 일본 순사들이야 닛본도(日本刀)로 설치기는 했으나, 일반 민들에게는 예의 바른 것은 물론 힘들어하는 사람들은 살펴봐 줄 줄도 알고, 전혀 딴 세상 사람들이었기 때문입니다.

그것만이 아닙니다. 개인 소유의 재산이기는 하나, 바다를 막아 농토를 만들어 농사도 짓게 했기에 머슴살이를 안 해도 되었으니 말입니다. 그랬다면 독립운동이 성공해서 머슴이나 살던 시대로 다시 돌아가자는 것이었을까요? 그럴 수는 도저히 없는 일이기에 독립운동은 싫은 겁니다. 그래서 독립운동이 성공할 가능성은 눈곱만큼도 없지만, 만약 성공한다면 양반들을 섬기고 살 수밖에 없는데, 그런 지겨운 삶을 또 살라는 거 아니겠지요? 말이 나온 김에 더 한다면, 양반들이 죽으면 명당이니 해서 능처럼 만드는 것도 모자라 무슨 대단한 업적이나 남긴 것처럼, 한문 대가들도 해석하기 어려운 글자를 다 새기고 말입니다. 그래요, 효를

권장할 일이기는 해도 죽으면 그만 아닌가요? 그런데도 유골을 잘 모시는 것을 대단한 자랑처럼 여기는데, 그런 엉터리 짓은 아무리 생각해도 웃기는 일입니다.

귀신도 별별 귀신을 다 모시려고 하고, 궁합도 맞니, 안 맞니 따지고, 무당굿은 점대로 해야 한다느니 등 온갖 것들만 섬기다가 우리나라가 섬나라인 일본에 침략당한 것입니다. 일본에 침략당한 것도 그렇습니다. 전쟁에서 진 것도 아니고, 일본인들이 짐 싸 들고 이사를 와 버린 것이 곧 침략인 겁니다. 그렇게 보면 우리야 침략이라고 하겠지단, 일본 사람들로서는 침략이 아닌 겁니다.

그래요, 세계 정복을 꿈꾸던 일본은 생각지

못한 원자 폭탄에 의해 항복했고, 우리 민족은 해방이 되었고, 이승만 정부가 들어섰고, 사회 질서를 바로 세우기 위해 이승만 대통령은 노력도 했으나, 삶의 형태는 양반만 대접받는 시대인 전날 시대로 다시 돌아간 느낌입니다. 우리 민족이 일본으로부터 해방되기는 했으나 머슴살이는 그대로고, 양반들은 이제 살았다는 태도고, 여자들에게 공부를 시켜 주면 남편에게 대든다고 해서 학교에 보내지 않고, 시집이나 잘 가라는 듯 부모들은 지금도 그러고 있습니다. 이런 문제에 있어 우리 기독교는 이렇게 잘못된 것을 타파하자는 데도 있다는 겁니다. 그래서 말인데, 우리 천국문교회 성도님들께서는 이를 참고로 하시되, 대접받는 신앙생활을 하십시오.

자력은 아닐지라도 우리 민족이 해방을 맞았으나, 그에 무색하게 공산주의와 자유민주주의로 갈리게 됩니다. 목숨을 걸고 독립운동을 했던 분들로서는 말도 안 된다고 하며 이승만 단독 정부가 들어서지 못하게 저지했던 것 같습니다. 그랬으나, 결국은 단독 정부를 세우게 되었고, 1948년 7월 17일에 공포된 건국헌법까지 제정하게 된 것입니다. 정치, 경제, 사회, 문화의 모든 영역에 있어서 각인의 자유, 평등과 창의를 존중하고 보장한다 했고, 건국헌법은 재산권을 보장해 한계를 두었으나, '각 개인의 경제상 자유'를 인정하였습니다. 그런 내용의 글이 국회의사당에도 있는 줄 압니다. 아무튼 기독교는 사랑의 종교라고 말하기도 합니다. 그렇다면 가해국인 일본을 미워만 하고 있어서는 안 되겠지만, 나라를 빼앗긴 일만큼은 잊지 말

해방의 날

아야 할 것입니다. 잊지 말자는 것은 다른 데 있지 않습니다. 우리 국민은 그동안 일본으로부터 피해 입은 피해의식에서 벗어나 손재주로든 인격적으로든, 일본을 뛰어넘자는 것입니다. 우리 국민은 그럴 재주도 있기 때문입니다. 그래서 우리 조상들의 손재주가 일본 박물관에서도 그만한 대접도 받고 있다고 합니다. 저는 우리 국민이 마음만 먹으면 못 할 일이 없을 것이라고 봅니다. 그런 의미로, 우리 광복절 노래를 다 함께 부릅시다.

흙 다시 만져 보자 바닷물도 춤을 춘다
기어이 보시려던 어른님 벗님 어찌하리
이날이 사십 년 뜨거운 피 엉긴 자취니
길이길이 지키세 길이길이 지키세

"친구는 이제 부모로서 할 일을 다 한 거 아
닌가?"

최기춘이 손님이자 친구인 김상덕에게 하는 말
이다.

"친구도 마찬가지 아니야?"

"마찬가지?"

"그러면 아닌 건가?"

"그렇기는 해도."

최기춘 아들 결혼식 덕분에 오랜만에 만나게
된 친구끼리 대화를 주고받고, 최기춘 아내가
다과를 상에다 올려놓는다.

"그러면 증손도 보고 싶다는 건가?"

"그렇지. 우리가 세상 떠날 날을 기다리고 있
기는 해도."

"증손 보면 좋은 거지."

"친구 손주 군대 갔다고 했던가?"

"그래, 군대 갔지."

"군대 갔으면 제대하자마자 장가보내. 그러면 증손주는 자동이잖아."

"뭐? 증손은 자동?"

"하기야, 손주 만드는 것이 생각처럼 뚝딱 될 수 없는 일이기는 하지."

김상덕과 최기춘은 친구이기는 해도, 너무 멀리 떨어져 살고 있기에 이렇게 만나 얘기를 나누기가 쉽지 않아 마음으로 잊지 않고 살다가 만나게 된 것이다. 그래서 언제 또 만나게 될지도 몰라 김상덕은 하루만이라도 묵고 가라고 최기춘을 붙드는 바람에 머무는 중이다. 최기춘은 김상덕보다 한 살 아래, 그러니까 나이 차이로든 생활 방식 차이로든, 김상덕은 머슴의

98   해방의 날

아들이다. 그러나 둘은 그동안 얼마나 다정히 지냈는가. 김상덕의 가족과 그렇게 오랜 기간 함께한 것은 아니어도 말이다.

"그렇기는 해도 나는 아들 하나 있고, 그 아래로 줄줄이 딸만 있었잖아. 그러다가 보약을 몇 먹은 게 효험으로 나타난 건지는 몰라도, 아들을 두게 되기는 했지만."

최기춘의 말이다.

"부모로서 할 일이 아들딸을 따로 차별하는 건 아닌데."

"그렇기는 해도."

"그건 그렇고, 주관석 장로님은 군산 지역에서도 유지라는 말까지 들으시던 분이잖아. 그런 분이 어쩌다가 그렇게 된 거야?"

몇 년 전이기는 하나 주관석 집에서 머슴살이를 3년이나 했던 김성호 씨의 아들 김상덕의 말이다.

"그러니까 주관석 장로님은 군산 인심도 못 얻고 돌아가셨어."

군산항에 그대로 눌러사는 최기춘의 말이다.

"그러면 동네 사람들의 반응은 어땠어?"

"그렇다 해도 주관석 장로님은 젊은 사람도

아니고, 돌아가실 나인데 별 반응이나 있었겠
어."

"그게 아니라, 군산항에서도 그렇지만, 군산
지역에서도 유지가 토담집에서 굶어 죽었다는
소문이면 말이야."

"주관석 장로가 토담집에서 돌아가시기는 했
어도…. 그런 소문은 어디서 들은 거야?"

"내가 누구야?"

"누구는 누구야, 자네는 내 친구지. 근데 말
이야, 내가 이런 말까지 해도 될지 몰라도, 주
관석 장로님은 너무했어."

"너무하다니? 뭐가 너무해?"

"그러니까 정기실 씨가 까대기 일로 난간에서 떨어져 죽을 지경인데도 얼마나 다쳤는지 묻기는커녕 아예 내다보지도 않은 거야."

"그건 너무했다. 군산항 까대기 일은 주관석 장로님의 일이잖아."

"그런데 웃긴 건, 큰아들 결혼식 때 차린 음식상은 정말 거했다는 거야."

"그러면 축의금도 받은 거야?"

"돈이 남아도는 거지. 그러니까 군산에서는 제일 부잔데 축의금까지 받은 거 아니겠어? 안 그래?"

"그렇겠지."

"주관석 장로님이 더 미운 건, 자기 육촌 여동생에게 잘못한 거야. 그러니까 여동생 남편이 병들어 돈벌이를 못하게 됐는데, 굶어 죽을 수는 없어 신동철 씨 잠자리 도우미로 날마다 나가 쌀 한 됫박씩 얻어 오는 거야. 그것을 주관석 장로님은 날마다 보면서도 나 몰라라 한 거야."

"날마다 본다는 건 가까이에 산다는 거잖아."

"가까이 정도가 아니라, 바로 옆집이야."

"아이고, 그러면 교회 장로님이라서 대표 기도도 했을 텐데 말이야."

"그거야 모르는 척 안 했겠어?"

"근데 헐어 버려야 할 토담집에서 굶어 죽을 정도로 쫄딱 망한 거야?"

"그런 얘기까지 하자면, 사업이 뭔지도 모르는 아들이 자기 아버지가 쌓아 둔 재산을 담보로 빚을 내 사업을 시작했으나, 결과는 어떻게 됐겠어? 아무튼 그렇게 됐어."

"아이고…."

"그러니까 주관석 장로님은 먹을 게 없어 굶

어 죽어 갈 정도의 사람도 나 몰라라 했어."

"〈있을 때 잘해〉라는 노래도 있는데, 그 양
반은 아니었잖아."

"그러게. 세상을 그렇게 살면 안 되는 건데
말이야. 내가 할 말은 못 되기는 하나, 죽더라
도 떳떳하게 죽어야 할 건데, 그 양반은 정말
아니었어."

"죽더라도 떳떳하게 죽어?"

"아니야. 그건 내가 말을 잘못한 거야."

"말을 잘못하기는? 사실이잖아."

이젠 군산항 토박이처럼 살아가고 있는 최기춘의 말이다.

"그래, 친구 말 듣고 보니 살아 있을 때보다 죽은 다음에 그 사람이 평가가 되고, 자식들에게도 영향이 미치게 될 건데, 주관석 장로님은 그러지를 못하셨어."

또 최기춘의 말이다.

"우리 같은 사람에게는 그런 말 안 하겠지만 군산항 사람들은 말할 건데, 안타깝다."

김상덕의 아버지 김성호 씨는 주관석 집에서 머슴살이로 몇 해를 살다가 부산으로 이사를 갔다. 멀리 부산까지 이사를 간 이유는 김상덕

외가 쪽으로 인척이 불렸기 때문이지만 말이
다. 김상덕 가족이 이사를 갈 때, 김상덕은 이
사 가기 싫어 울었던 기억이 있다. 아버지끼리
는 더없는 친구로 지냈고, 자식들인 최기춘과
김상덕도 마찬가지 더없는 친구로 지내다 얼
굴조차 보기 어렵게 되자, 둘은 편지로 정을
나눴다.

「기춘아, 이사를 하고는 아는 사람 누구도 없어 처음에는 죽는 줄 알았다. 처음에는 그랬으나, 살다 보니 고등학생이 되고 말이 통하는 박명진이라는 친구도 생기고, 그 외 다른 친구들도 생겨 기춘이 너를 잊어버릴지도 모르겠다. 그래서 말인데, 끈을 놓지 말자는 의미로 이렇게 편지를 쓴다. 공부를 하는 이유는 새로운 삶을 살자는 데 있을 것이지만, 경험해 보지 못한 세계는 늘 두려움으로 가득할 게 아닌가 싶다. 우리의 삶이 크게 변하지는 않았어도 우리 아버지가 머슴살이를 하지 않아도 될 정도니 이만하면 많이 나아진 건가 싶다. 그런데 말이야, 우리 반에 예쁜 여학생이 있는데, 그 여학생이 내 눈에서 늘 어른거려 공부가 잘 안되는데, 이럴 때는 어떻게 해야 되는 거지? 기춘이 너 좋은 생각 있으면 말해 볼래?」

김상덕 편지를 받아 본 최기춘은 빙그레 웃으며 답장을 쓴다.

「야, 그런 걸 내게 물으면 어떻게 하냐? 네가 다 알아서 해야지. 그래, 한 가지 들은 얘기가 있어 말하자면 정치인 중 조삼영이라는 사람이 최영자 학생을 덮쳐 마누라로 삼았다는 거야. 어떻게 덮쳤는지까지는 모르지만, 얼마든지 가능한 일 아니야? 상덕이 너도 그렇게 한번 해 봐. 여학생이 만약 '책임질 거냐?' 물으

면, 너는 책임 안 질 것 같으냐? 그런 염려는
하지 말어. 책임질 거니…. 그렇게 해서 아기를
만들어 버려. 그러면 여학생은 너를 좋아하지
해도 네 것이 될 것은 말할 것도 없잖아.」

　최기춘의 답장을 받아 본 김상덕은 재미있다
는 표정으로 답장을 쓴다.

　「조삼영 씨가 최영자 학생을 덮쳤다는 말은
나도 듣고 있어. 그런데 조삼영 씨가 최영자 학
생이 예뻐서 덮친 게 아니라 정치 하자면 돈이
필요해서 덮쳤다는 거야, 그래서 말인데 기춘
이 네 말대로 여학생이 너무도 예뻐 배고픈 사
자가 먹이 낚아채듯 해버리면 내 것이 되기는
하겠지. 그러나 여학생이 절대로 싫다고 하면
그때는 어떻게 하지?」

최기춘은 김상덕에게 답장을 쓴다.

「그러면 말이야, 사람들 많은 곳인지를 살
핀 후에 붙들고 용감하게 입맞춤하면서 '너
는 이제부터 내 거야!' 하란 말이야. 들은 얘
기지만, 여자는 용감한 남자를 좋아하도록
창조되었대.」

김상덕은 최기춘에게 답장을 쓴다.

「그렇게 하기에는…. 그러니까 제 아빠가 국
회의원에 출마하려는 중인가 봐. 그래서 나름
당당한 집 딸인 거야. 아무튼 네 말 참고할게.
다시 하는 말이지만 조삼영이 최영자를 덮친
것은 예뻐서가 아니라 정치 자금 때문인 거면
최영자 부모님한테 돈이 남아돈다는 거 아냐.

그래, 돈 많고 사위가 잘난 정치인이면 그만 한 돈을 대 줄 수도 있겠지. 듣기로 조삼영은 자기 아버지가 고깃배로 돈을 많이 벌었다고 하잖아. 그러면 최영자 학생 부모는 뭘로 그 많은 돈을 벌었을까?」

최기춘은 김상덕에게 또 답장을 쓴다.

「최영자 학생 부모는 뭘로 많은 돈을 벌었는지는 몰라도, 들리는 말에 의면 고무신 공장을 운영하는가 봐. 고무신 공장을 운영한다면 볼 것도 없이 부자 아니겠어. 농촌을 보면 고무신이 없어서 못 팔 정돈데 말이야. 고무신 값도 그래, 부르는 값이 제값일 테니 최영자 부모는 큰돈 버는 일을 하는 거잖아. 그건 그렇고, 인생에서 기회라는 것도 있다고 하잖아. 공부는 늦게라도 할 수 있을 테니 예쁘다는 여학생을 놓치지 말고 아예 아기를 만들어 버려. 그리고 너만 예쁜 여학생 차지하지 말고, 괜찮은 여학생이 있으면 내게도 좀 소개해 줘.」

　김상덕과 최기춘은 서로가 멀리 떨어져 살기는 해도 가까이 있다는 기분으로 살아가는 동안, 김상덕은 말했던 아가씨 정미숙을 덮쳐 지금의 아내로 만들고, 최기춘은 외숙모가 연결해 주어 맺어진 아내 송길녀와 같이 살고 있다. 그런 이유로 최기춘과 김상덕은 친구라는 정을 지금까지 이어 오는 동안 아들딸들을 다 시집이랑 장가를 보내고, 손주들 재롱 보는 맛에 살아간다.

　"자네, 총각이지?"

최기춘이 생선 가게 청년이기는 해도, 괜찮아 보여 하는 말이다.

"아니, 총각이냐고 묻는 것은 좋은 아가씨가 있다는 거예요?"

"다른 말 말고, 총각인지만 말해."

"아이고… 제가 찾는 아가씨는요?"

"괜찮은 아가씨가 있으니까 말하는 거지. 없으면 말하겠어?"

최기춘은 까대기(무거운 짐 어깨에 메고 나르는 일) 일을 마치고 집으로 가는 시장길을 걷다 보니 가게들이 눈에 들어올 수밖에 없는데, 작은

가게에서 하는 생선 장사이기는 하나 늘 밝은
표정으로 일하는 청년이 마음에 들었다.

"그러면 아가씨 좀 소개해 주세요. 제가 밥
사 드릴게요."

"그거 거짓말 아니지? 총각 자네는 내게 밥
한번 사도 될 거야."

"거짓말이라니요? 아니에요. 진짜예요. 밥도
사 드려야지요."

"진짜라고?"

그렇기는 하겠지. 총각이 맞다면 어디 거짓일
수가 있겠는가.

"제 얼굴 보세요, 거짓말쟁이인지요."

"그래, 생선 장사도 부부가 같이하면 더 잘되겠지. 아무튼 알았어."

여동생에게 물어는 봐야 하겠지만 매제가 되었으면 해서 말을 꺼낸 것이었다. 여동생과의 소개팅 주선은 오빠들이 주로 하게 된다지 않은가.

"알았다는 말씀은 믿어도 된다는 말씀이지요?"

"단정 지어 말하기에는 아직 이르다. 그런데 자네 나이는?"

"제 나이요?"

"자네 나이를 알아야 궁합도 볼 수 있으니까."

"궁합이 안 맞으면 땡이라는 거네요, 아저씨 말씀대로라면?"

"그건 아니지만…."

"저 나이 많은 편이에요."

"몇 살인데?"

"저 스물여덟이나 돼요."

"스물여덟이 많다고?"

"그러면 안 많아요?"

"그 나이는 금값 나이야. 자네와 농담하자고
이런 말 꺼내는 것 아니야."

"농담이라니요. 저도 농담 아니에요."

"그러면 됐고, 자, 보자. 모레는 갈 데가 있어
안 되겠고, 27일 토요일 저녁 시간은 어때? 일
끝나고 옷도 갈아입어야 할 테니 말이야."

"그렇게 급하게요?"

"쇠뿔은 단김에 빼랬다고, 말 나온 김에 어떻
게든 해 보자는 거지."

"27일이면 저도 갈 데가 있는데, 다음 주로 하면 안 될까요?"

"다음 주?"

"예, 다음 주요."

"아, 참, 자네 이름도 묻지 않았는데."

"제 이름은 정창기예요."

"이름이 정창기? 그렇구면. 다른 얘기는 다음에 하기로 하고, 생선 많이 팔아."

정창기가 조그마한 생선 가게에서 일하고 있기는 해도 최기춘은 아내가 좋아할 멍게까지

더 사 들고 장가들 생각이 있는지를 물어본 것
이다. 아무튼 늘 챙겨 주어야 할 오빠로서 그동
안 시집갈 나이가 된 동생의 배필을 찾고 있던
것이다.

"예, 고맙습니다."

최기춘은 그렇게 해서 여동생을 결혼시켰고,
태어난 조카들 결혼까지 간섭하면서 행복하게
살아간다. 이제는 다 지나간 일이지만, 돌이켜
생각해 보면 최기춘은 "여보, 우리가 머슴살이
만 해서는 안 되잖아? 머슴살이보다 조금 더
괜찮게 살 수 있는 곳은 없을까?" 해서 궁리 끝
에 아내에게 말했고. 아내는 "당신이 머슴인 줄
알았으면 시집 안 오는 건데." 그랬던 것 같다.

가난한 집으로라도 시집갈 나이가 된 딸들은 중신 할미 눈에 들어야만 할 게 아닌가. 그래서 시집갈 당사자에게 물어볼 필요도 없이, 아주 좋다는 말로 부모님을 꼬드겨 시집보내던 시절, 시집갈 당사자들은 그것도 모르고 부모가 정해 주는 대로만 가야만 했던 시절. 최기춘의 아내도 그중 한 사람이지만 괜찮은 살림살이까지는 아니어도 밥 굶기까지는 않으리라는 생각으로 시집을 온 것이다. 그렇게 시집을 왔으나, 누워 잘 곳도 없는 남의 집 골방에서 살게 됐다. 그렇다고 결혼을 물릴 수는 없다. 남편은 처녀 딱지만 간신히 떼 주고 아침 일찍부터 나가 버리지 않는가. '어디로 갔을까' 해서 동구 밖을 내다보니 기와집에서 두엄을 지고 나오지 않는가. 그러면 기와집 머슴인 건가. 결혼하기 전날로 돌아가고 싶다는 생각을 잠시 했지만 애들은 허락도 없이 마구 태어나지, 학교 보낼 형편은 못 되지. 아슬아슬하게 산 것이다.

"나한테 시집 잘 왔지?"

최기춘은 미소를 지었다.

"말도 안 되는 말만 하고 있네요."

"어험!"

"'어험'은 뭐가 '어험'이요? 이제는 애들도 태어나 그만큼 크고, 그래서 어쩔 수 없이 같이 살기는 하고 있지만 머슴한테 시집온 건데요."

"사실 그때는 엄청 미안하더라고."

"지금은 안 미안해요?"

"지금도 미안하지."

"아니에요, 당신 미안해할 거 없어요."

"미안할 필요 없다고?"

"나도 여자일 뿐, 당신한테 내세울 것도 없는데요."

"당신이 그렇게 말해 버리니 눈물이 다 나오려고 한다."

해방의 날

"눈물이 나오려고 한다고요?"

"아니야."

"아직 어리기는 하지만, 당신은 우리의 희망
인 애들을 낳아 주었잖아요."

최덕만 아내 임영자의 말이다.

"희망들을 낳기는. 당신이 낳은 건데 그런다."

"아니어요. '아버님 날 낳으시고 어머님 날 기
르시니, 두 분 곧 아니시면 이 몸이 살았을까.
하늘 같은 은덕은 어디 대어 갚사오리.' 나 그런
말을 들은 것 같은데요."

"그렇기는 하지."

"그건 그렇고, 아직 어리기는 해도 희망이 있는 애들이라고 방금 한 말, 탈 없이 커 가는 애들이 희망 맞지요?"

"그래, 희망이지."

"문제는 학교를 보내야 할 건데. 애들 학교 보내기 좋을 곳은 없을까요?"

최덕만 아내 임영자의 말이다.

"애들 학교 보내기 좋을 학교? 그럴 만한 가까운 학교는 없어. 그렇지만…"

"그렇지만?"

"그러니까 생각해 보니, 돈이 굴러다니는 도시에서 살아야 돈 세다가 흘린 돈이라도 맛보지 않겠어?"

"돈이 굴러다녀요? 말도 안 되게."

최덕만 아내 임영자의 어처구니없다는 듯 내뱉은 말이다.

"그런 말도 들었을 텐데. 사람은 서울로 보내고, 말은 제주도로 보내라는 말."

"난, 그런 말 들어 보기는 처음이다."

"그런 말이 처음이든 아니든 그건 상관없고, 어려서부터 머슴살이 하며 이십여 년 살았으나 남은 것이라고는 천한 대접뿐이라는 생각이 들어서 그래. 물론 먹을 것도 부족하고."

그럴 것이다. 농지개혁 때 얻은 농토는 논 열 마지기뿐이었던 것 같다. 또 해마다 흉년인 데다가 늙으신 부모님의 오랜 병환으로 짓던 농사도 다른 사람에게 다 팔아 넘겨 버렸으니, 생활이 어찌 됐겠는가. 굶어 죽기 싫으면 머슴살이라도 해야지. 그래서 장가들기 전부터 머슴살이를 하다 보니 나이는 어느새 사십이 다 되어 가고 있는 것이다.

"나도 식모살이라도 할게요."

"무슨 소리야? 그건 안 돼."

"안 되기는 왜 안 돼요? 굶어 죽지 않으려면 식모살이라도 해야 하는 거지."

"식모살이라니, 그건 말도 안 된다. 기춘, 임순, 덕순, 덕님 이 네 녀석들은 어떻게 하고?"

최기춘 아버지 최덕만의 말이다.

"애들이야 밥만 먹여 주면 지네들 알아서 클 게 아니요?"

"지네들 알아서 큰다 해도 엄마가 집에 있어야 할 건데 무슨 소리여?"

"그렇기는 한데…. 애들한테 양해를 구하고요."

"아니, 돈 벌겠다고 애들한테 양해를 구해?"

"살아가려면 어쩔 수 없잖아요."

"양해를 구한답시고 꺼낸 말을 알아들을 나이는 아직 아닌 것 같은데 그러네."

"기춘이가 몇 살인데 말귀를 못 알아들어요?"

"그렇기는 하지만, 나는 반대한다."

남편 최덕만의 말이다.

"밥 굶지 않고 살기 위해 애들한테 양해도 구
하고, 당신이 허락만 하면 살이도 할거요. 식모
자리가 어디에 나 있느냐가 문제지."

"그렇게 해 봤자 당신은 인기 없을 아줌마
잖아."

"인기가 없는 아줌마라니요. 아줌마가 더 잘
할 수 있어요."

"식모살이를 잘할 수 있다고?"

그래, 식모로 살겠다는 말은 알겠다. 지나가
는 사람에게 들은 말이지만, 흑심을 품은 주인
아저씨가 덮치기도 한다지 않은가. 물론 아무
한테나 그렇게 하지는 않겠지만 말이다.

"아무튼 아가씨가 더 예쁘다는 이유로 아가
씨를 고용할 거면 일을 하나하나 배워야겠지
만, 가사 일을 해 본 아줌마라면 더 잘하지 않
겠는가 해서요."

"그나저나 우리가 이대로만 살 수는 없잖아.
그래서 군산항으로 갈까 하는데, 당신은 어때?"

"군산항이요?"

"그래, 군산항."

"우리가 애들을 끌고 군산항에 간다고 해도
또 돈 벌 일을 해야 할 거잖아요."

"그거야 당연하지. 군산항에 간다고 해서 우

리를 먹고살게 해 줄 사람은 누구도 없겠지만,
굶어 죽기야 하겠어."

최덕만은 그냥 해 본 말이 아니다. 사실 아내
에게 말하지는 않았으나, 군산항에 가면 살 수
있는지 살펴보고 왔기 때문이다.

"내가 벌면 되잖아."

"아니, 무슨 일로 벌겠다는 말도 없이 그냥 벌
면 되겠다니요. 그런 게 어디 있어요? 말도 안
되게."

"그러니까 먹고사는 문제는 크게 걱정 안 해
도 될 것 같아서 하는 말이야. 물론 힘이야 들
겠지만."

"그러면 거기서도 지게질이라도 하겠다는 거요?"

"지게질 같은 일이기는 한데, 건강하기만 하면 그렇게 어렵지만은 않은 일이야. 하는 말을 들어 보면."

"그런 말은 누구한테 들었는데요?"

"누구한테 들은 게 아니라, 사실대로 말하자면 군산항에 갔다 왔어."

"언제요?"

"그러니까, 지난 스무닷 새날."

"그러면 말이라도 하고 가지 마누라 몰래 간
거요?"

최기춘 아내는 혼자만 몰래 다녀오는 게 아
니라 같이 갔으면 군산항에서도 살 수 있을지
나름 볼 건데 싶어 하는 말이다. 삶을 살아간
다는 건 부부의 생각을 합치는 것이라고 그리
말할 수 있지 않겠는가.

"말하고 갈까 하다가…. 아무튼 그렇게 됐어.
미안해."

"미안하기는요. 좋은 일로 간 건데요."

"군산항에 가서 보니 짐을 나르는 일을 하고
있던데, 그런 일은 나도 충분히 할 것 같더라고."

"그러니까 배에다 짐을 싣고 내리는 그런 일이어요?"

"그런 일이지."

"그건 아무리 지게에 이력이 난 몸이라고 해도 너무 어려울 것 같은데요."

남편이 걱정스러워하는 말이다.

"그동안 지게질만 했는데 어디 그런 일을 못 하겠어? 돈이 되는 일이면 나는 무슨 일이든 다 할 수 있어."

아내에게 말은 안 했어도 군산항에 가면 뭐라도 벌어먹을 수 있는지, 살 만한 빈집은 있는지,

텃밭도 있는 곳에 집을 지을 수 있을지, 건축비는 얼마나 들지도 2년 전에 정착했다는 양범석 사돈 지춘길에게 물어보기까지 한 것이다.

"그런데 군산항에 가면 중학교도 있겠지요?"

최덕만 아내의 말이다.

"중학교만 있는 게 아니라 고등학교도 있을 거여. 고등학교 모자 쓴 학생이 있는 걸 보면 말이여."

"애들아, 우리 군산으로 이사 가자!"

엄마는 애들을 중학교에 보내 줄 수 있을 것 같아 신난 목소리로 말한다.

"아버지, 그러면 군산으로 이사는 언제 가는 거야?"

"우리 중학교가 있는 곳으로 이사 갈까?"라는 엄마 말에 아들 최기춘은 귀가 번쩍 뜨일 건 말할 것도 없다. 초등학교 5학년이면 대학까지 가지는 못하더라도 중학교, 고등학교 갈 생각은 당연히 있는 것이다.

"이사? 이사는 아직이야."

최덕만의 어정쩡한 말이다. 그래, 부모라면 누구든 그렇겠지만, 어떤 대가를 치르더라도 애들 공부만큼은 시켜야만 한다는 것이 부모 마음이지 않겠는가. 그래서 부부끼리만 학교 얘기를 나누는 중이지만 애들의 귀는 쫑긋했을 건 말할 필요도 없다. 누구든 배우고자 하는 마음이 없다면 설명할 필요 없이 좋지 못한 생각인 것이다.

"그래, 아버지 말씀대로 이사 가도 되겠니?"

최덕만 아내의 말이다.

"엄마는 그걸 말이라고 해?"

"안 될 거야 없지만, 고작 하룻밤 자고 올 것도 아닌데 준비를 해야겠지?"

최덕만의 말이다.

"그러니까, 군산항에는 고등학교도 있는 것

같더라고 네 아버지가 말했잖아."

최덕만 아내의 말이다.

"그러면 군산항으로 이사 갈 거라고 학교 선
생님께 말해도 돼?"

최기춘의 말이다.
애들의 마음은 벌써 군산항에 가 있다. 공부
할 수 있다는 들뜬 마음.

"일단은 그런 줄로만 알고 있어라."

이사 갈 거라고 말해서 애들은 좋아들 하는
데, 만약 이사 문제를 없었던 일로 해 버리면
애들의 실망은 이만저만이 아닐 것 같아 고민

이다. 아이들에게 있어 학교는 공부도 공부지만 친구들을 만나게 되는 곳인데 말이다. 가르침을 받게 하지도 못할 거면 왜 태어나게 했느냐고 부모를 원망할지도 모르는데 말이다.

"아버지, 근데 우리가 군산항으로 이사 가는 건 확실해요?"

최기춘이 확인하기 위해 묻는 말이다.

"그래, 이사 갈 거야."

"그러면 언제 가요?"

"준비할 것도 있을 것 같으니 당장은 아니고 다음 달에나."

"알겠어요, 아버지."

우리 아버지가 지금까지 살아온 삶을 말하자
면, 가난하다는 이유로 머슴으로만 살다시피
하셨어도, 학교 운동회 때는 다른 애들의 아버
지와는 다르게 잘했다고 칭찬의 의미로 우리를
꼭 껴안아 주시기도 하셨던 기억이 있다. 아버
지가 그리하셨던 게 아들 최기춘은 아버지에
대한 믿음으로 여겨졌던 것인지 흔한 감기조차
없이 잘 자라 어엿한 대학생이 되었고, 지금은
예쁜 아가씨와 결혼도 해 귀여운 아이들도 낳
고 누구보다 맛나게 살아간다.

해방의 날